魔法圖書館⑤

紅髮安妮的煩惱

彼得潘
桃樂絲
愛麗絲

Fantasia
阿拉丁

人物介紹

佳妮

和精力充沛的妹妹妮妮一起幫助范特西爾各個王國中的角色，擅長從讀過的故事中尋找線索來解決問題。

妮妮

個性開朗，偶爾會不按牌理出牌，但是知道要對自己做的事負責，並且經常以突發奇想的創意點子來解決問題。

安妮・雪麗

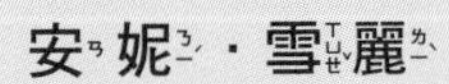

擁有一頭紅髮、臉上有雀斑的女孩，不僅能言善道且想像力豐富。總是活潑開朗的她，卻突然悶悶不樂，難道是中了黑魔法師的魔咒？

黛安娜・貝利

安妮最好的朋友，有著黑色頭髮和眼睛的女孩，個性善良又聰明。從第一次和安妮見面開始，兩人就成為無話不談的好朋友。

吉伯特・布萊斯

學業和運動表現都很傑出，非常受歡迎的男孩。喜歡開玩笑，偶爾會調皮搗蛋，和安妮的關係看似水火不容，其實……

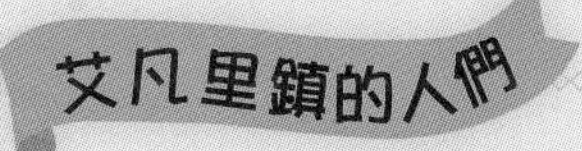

瑪莉拉
阿姨

馬修叔叔

貝利
先生

林德
夫人

貝利
夫人

目錄

序章

我最好的朋友

妮妮，你在做什麼？
這個不好，那個也不好。

明天是智秀的生日，我在想要送什麼禮物。
你從上週就開始煩惱這件事了吧？

送花如何？最近新開了幾家花店。
好主意！

好漂亮的粉紅玫瑰，送它怎麼樣？
花
花

不行，佑莉送過智秀這種花了。

選鬱金香，還是木槿花？
我覺得都很好。

它們都不夠特別，我想讓智秀最喜歡我送的花。

智秀說佑莉上次送的花很漂亮，之後她們的感情就變得很好。
我相信只要是你送的花，智秀都會喜歡。
智秀和我從幼稚園開始就是好朋友，

我們每天都一起寫作業，
假日也會一起出去玩。

現在不是這樣嗎？
雖然現在也是這樣，

但是她最近好像更喜歡其他朋友，
我好擔心！
嗚！
哇！

別想太多，智秀和你一定是最好的朋友。
是嗎？

是不是有什麼聲音？
是魔法之書發出的聲音！
最好的朋友！
你又帶著魔法之書出門了！

這不是重點啦！
魔法之書正在呼喚我們耶！
妮妮，抓緊我的手！
伸！

出發！

第1章

安妮怎麼了？

和前幾次抵達范特西爾時遭遇的種種驚險不同，這次佳妮和妮妮順利降落在翠綠草地上。

「姐姐，那裡有個紅髮女孩。」

妮妮的話讓佳妮眼睛一亮。

「紅髮女孩和綠色屋頂的房子，這裡應該是《紅髮安妮》書中的王國，那個女孩就是活潑開朗的安妮吧？這個故事非常有趣喔！」

活潑開朗？
看起來不是
這樣啊！

我失去了最好的朋友！
此時你就像夜空中的星星
一樣明亮，卻始終遙不可及！
沒有了好朋友的世界，
對我來說有如身處
地獄般黑暗！

「安妮是不是一直提到『朋友』？」

「對，還說了『黑暗』，她是不是在念咒語？」

「難道安妮中了黑魔法師的魔咒？」

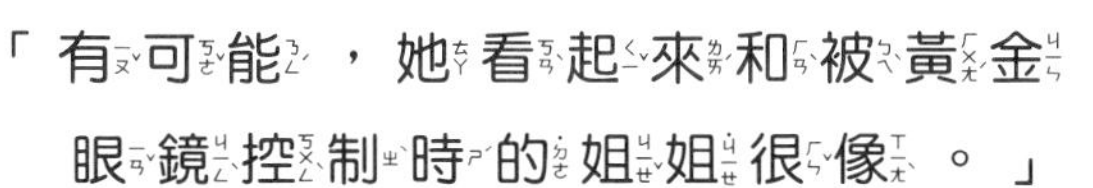

「有可能，她看起來和被黃金眼鏡控制時的姐姐很像。」

「妮妮，拜託你忘了那件事。」

佳妮和妮妮在一旁等待機會靠近安妮，毛毛卻突然掙脫佳妮的懷抱，在草地上追逐飛舞的蝴蝶，然後跑到了安妮的腳邊。

安妮驚喜的看著不斷對她搖尾巴的毛毛，眼淚也因此止住。「好可愛的小狗，你叫什麼名字？」

為了不嚇到安妮，佳妮慢慢走近她。

「牠是毛毛，我們是來這裡旅行的佳妮和妮妮。」

跟在佳妮身後的妮妮接著說：「你是紅……」

佳妮趕緊摀住妮妮的嘴巴，在她耳邊輕聲說：「噓！安妮非常討厭別人對她說『紅髮』兩個字。」

「你是要說『紅髮』吧？」

安妮好不容易才止住的淚水，眼看又要奪眶而出了。

「不是，我要說的是……嗯……」

妮妮連忙搖手否認，卻想不到理由，佳妮趕緊替她解圍。

「我們想問你是紅茶愛好者還是綠茶愛好者？我們正在做調查。」

雖然覺得佳妮把話題轉得很生硬，但想起是自己說了不該說的話，妮妮只能拼命點頭附和。

安妮哽咽著說：「對不起，我的心情不好，沒辦法回答你……」

安妮再也說不下去，佳妮急忙上前關心她。

「發生什麼事了？」

「我失去了最好的朋友黛安娜，我的人生將從此失去光彩，不會再感

到開心或高興，只剩下永無止盡的悲傷與嘆息。」

佳妮輕拍安妮的肩膀。

「太令人難過了，不過幸好你不是中了黑魔法師的魔咒。」

安妮嚇得睜大雙眼。

「雖然大家常說我有很多稀奇古怪的想法，但是當中從來沒有一絲壞的想法，我也絕對不會和黑魔法師有任何關聯。」

過了一會兒，安妮嘆了一口氣。

「如果真的是黑魔法師對我施展魔咒，害我變得不幸，說不定還比較好，至少有可以怪罪的人。再這樣下去，我的人生只會以沒有朋友的悲劇來結尾！」

妮妮不禁佩服起安妮。「你的想像力真豐富！」

佳妮溫柔的詢問：「安妮，你和黛安娜吵架了嗎？為什麼會失去她呢？」

「這都要怪吉伯特！」

安妮瞬間變得相當激動。

「雖然他的成績很好，又很擅長運動，長相也很帥氣，是我們學校最受歡迎的男生，但是他太愛開玩笑了，而且喜歡欺負我。今天他真的很過分，所以我用泥板打了他的頭。」

「安妮，抱歉打斷你的話。姐姐，泥板是什麼？」

「是用黏土做成的板子，可以

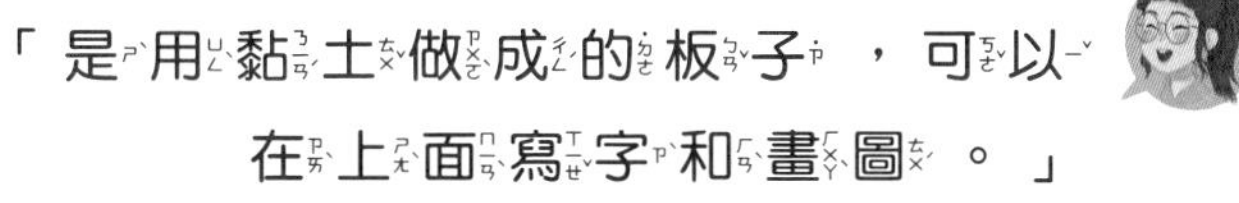

在上面寫字和畫圖。」

「那很硬吧！安妮，你用那個打吉伯特？」

「我是有理由的，因為他……」

安妮向佳妮和妮妮述說今天早上發生的事。

「今天早上的陽光燦爛到讓人想跳舞，因為這樣的好天氣，大家的心

情都很好。菲利浦斯老師給了我們休息時間，於是男生們在草地上踢球，女生們也走到樹下看男生踢球。

這時，幾個女生熱烈討論起世界上有沒有胖嘟嘟的精靈。珍認為精靈不用吃飯，絕對沒有胖精靈，裘西和歌蒂也這麼認為。

我沒有參與她們的討論，因為我覺得精靈和身材並不重要，所以我就回教室了。沒想到，我居然看到……」

「有一隻山羊站在我的置物櫃前，還把頭伸進裡面，發出喀嚓、喀嚓的聲音。我趕緊把山羊拉開，但是放在櫃子裡的書已經被牠咬得亂七八糟了！」

「教室裡有山羊，還吃了你的書？太奇怪了！」

「我最喜歡的字典也被牠咬爛了！」

「你竟然喜歡字典，真不可思議！」

「學校的鐘聲響起後，大家紛紛走回教室，山羊似乎是被吵雜的人聲嚇走了，我則因為剛剛發生的慘事而愣在原地。這時候，走進教室的吉伯特一看到我就衝著我笑，我立刻知道是他帶山羊來整我的！」

真的是吉伯特嗎？

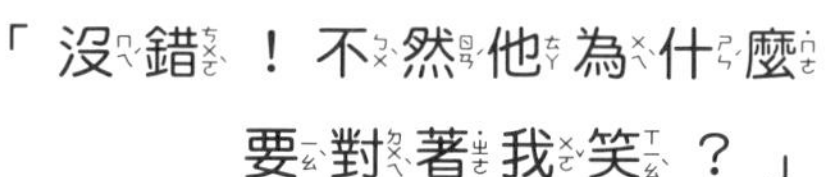

「沒錯！不然他為什麼要對著我笑？」

「吉伯特會開這麼惡劣的玩笑嗎？」

「每個人都認為吉伯特不會，但犯人一定是他！他上次也嘲笑我是紅蘿蔔，還抓我的頭髮！」

「原來吉伯特經常欺負你啊！」

「無論有什麼理由，用泥板打吉伯特的頭就是我的錯，我也知道自己的脾氣不好，但是菲利浦斯老師在黑板上寫下『安妮．雪麗的脾氣很差』也太過分了！」

「在眾目睽睽之下嗎？真的好過分！」

「不過真正讓我傷心的是黛安娜。」

「黛安娜怎麼了？她不是你最好的朋友嗎？」

「對啊！但這件事好像讓她對我很失望。菲利浦斯老師罵我之後，同學們都指責我，我因為感到委屈而看向黛安娜，她卻避開我的視線……」

安妮落下一串串淚珠。

「如果時間可以倒轉，我會原諒吉伯特，不會用泥板打他的頭！無論山羊吃了幾本書，我都可以忍耐！只要能再次擁有黛安娜這個朋友，我什麼都願意做！」

我沒有黛安娜就活不下去！光是想像黛安娜有一天因為結婚而離開這裡，就會讓我想哭，何況是現在這種狀況！

我懂！光是想像智秀和其他人變親近，就會讓我很傷心！

淚水不斷從安妮的眼眶湧出，妮妮也被影響而大哭起來。

嗚嗚嗚！

哭成淚人兒的安妮和妮妮令佳妮啼笑皆非，她忍不住說：「你們會不會太誇張了？」

妮妮雖然傷心，卻也不忘開玩笑。「姐姐，再這樣下去，這裡會和奇幻國的奇怪屋一樣，被眼淚淹沒吧！」

回想起當時的場景，佳妮苦笑著說：「我可不要，拜託你們別哭了。」

當務之急是讓安妮別再難過，於是佳妮思考能讓安妮分心的方法。

妮妮，把魔法之書借我一下。

「好漂亮的花！」

「看到花，安妮應該會覺得很幸福。」

「好主意！」

「安妮，你看這個。」

「換我了！」

「好期待你會拿出什麼。」

「心情不好的時候要吃肉，心情超級不好的時候要吃甜甜的馬卡龍。」

真好吃，真想讓黛安娜也嚐嚐……我們曾經是連一顆豆子都分著吃的好朋友呢！

呃……我還有很多，不用分著吃也可以。

「安妮，你喜歡音樂嗎？聽聽這個。」

「這麼小的東西居然會發出音樂，真神奇！」

「姐姐，播放輕快的舞曲吧！」

「這位歌手唱得好快，我聽不太懂。」

「換這首抒情歌如何？」

「安妮，你有什麼願望嗎？」

「妮妮，你想變成神燈精靈，

幫安妮實現願望嗎？」

「不是，我不要再進去神燈了。」

「我的願望是擁有黑色的頭髮。」

「這個簡單，戴上假髮就好了。」

「好像不太適合你。」

「還是我原本的樣子比較好。」

「沒錯，因為你是紅髮安妮啊！」

「妮妮，不能說那個詞啦！」

「雖然我的頭髮是紅色的，但是把『紅髮』當成名字的一部分來叫我，真是太過分了！」

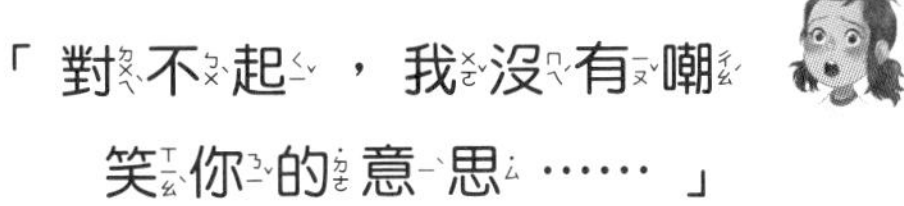

「對不起，我沒有嘲笑你的意思……」

安妮難過的走回家，留在原地的妮妮也哭喪著臉。

「我搞砸了，安妮的心情明明快變好了。姐姐，我該怎麼辦？」

佳妮輕摸妮妮的頭。「你真心的道歉了，我相信安妮會原諒你的，真心是能讓人心意相通的魔法。我們來想想能為安妮做什麼吧！」

佳妮寫了紙條並塞進門縫，希望安妮能看到。

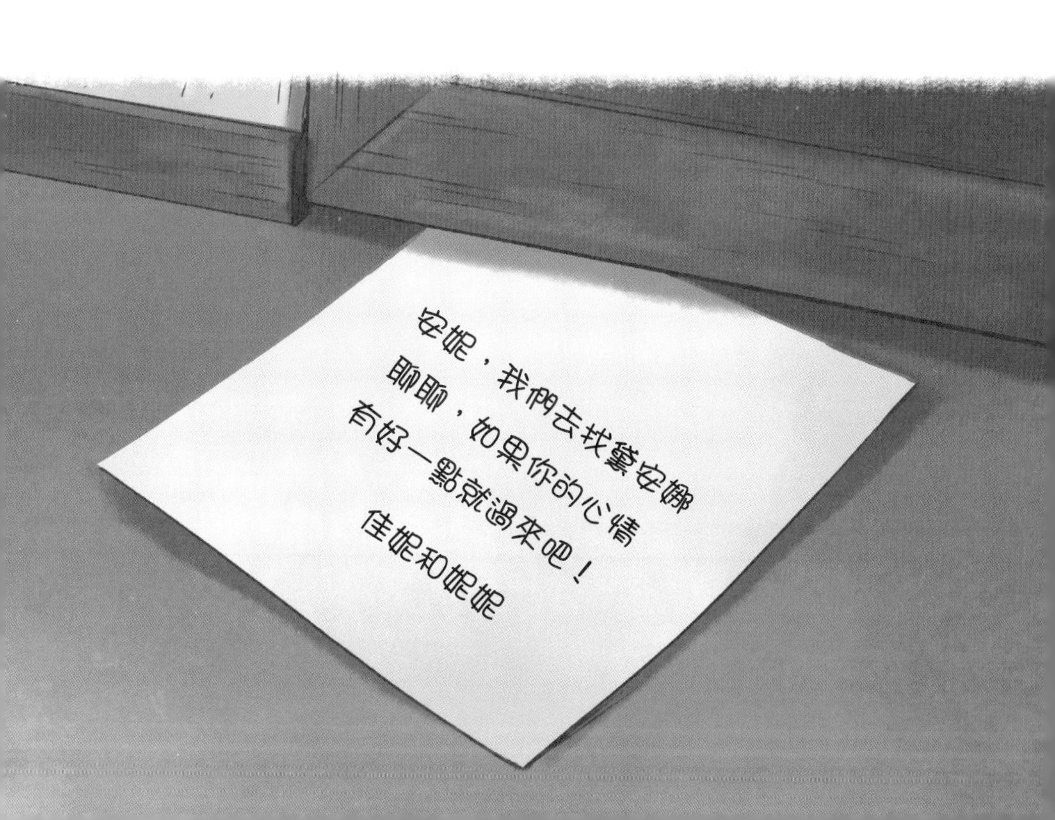

第3章 心意相通

佳妮和妮妮從魔法之書拿出艾凡里鎮的地圖，確認黛安娜的家在哪裡後就出發了。

妮妮擔心的問佳妮：「姐姐，去找黛安娜就能解決問題嗎？」

「安妮傷心的原因是她和黛安娜的友誼破裂了，如果能解決這個問題，說不定其他問題也可以迎刃而

解。」

妮妮理解的點點頭。「黛安娜現在的心情一定也不好。」

佳妮和妮妮快步走著，但是腳步卻輕盈不起來，倒是毛毛一路高興的狂奔。通過搭著獨木橋的小溪後，姐妹倆就看到了黛安娜的家。庭院裡的草木都打理得很整齊，看得出主人的用心。

美麗的庭院讓佳妮和妮妮一時忘了來這裡的任務，直到看見黛安娜滿臉憂愁，獨自待在後院，兩人才匆忙躲到樹木後面。

「姐姐，黛安娜似乎和安妮一樣傷心，怎麼辦？」

「試著喚起她們共同的回憶如何？」

「什麼回憶？」

「安妮和黛安娜幫那座獨木橋下方的小溪取了『德魯阿斯』這個名字，她們還一起摘紫羅蘭、在白樺樹林裡建遊戲屋、分享水果蛋糕和薑餅……」

「姐姐，你的記憶力真好。」

「這不算什麼啦！我們用手機拍下她們充滿回憶的地方，把照片用魔法之書印出來，拿給黛安娜看吧！」

「對了，我們再摘點紫羅蘭吧！」

「好主意！紫羅蘭的花語正適合現在這個狀況。」

佳妮和妮妮把照片及紫羅蘭放在黛安娜家門口，接著敲敲門後，就趕緊躲到旁邊的樹叢裡。

叩叩叩！

在後院的黛安娜聽到敲門聲。

「有人來了？難道是……」

黛安娜走到家門前察看，卻沒看到半個人。

「我到底在期待什麼……」

黛安娜沮喪的低下頭，看到放在門口的東西，立刻紅了眼眶。

「這些是我和安妮一起玩耍過的地方，還有紫羅蘭……安妮說過紫羅蘭的花語是『請想念我』，還要我永遠記得她……」

黛安娜的眼淚一顆顆落在照片上。

滴答！

「安妮……」

黛安娜把照片和紫羅蘭抱在懷裡，十分珍惜的樣子。看著這樣的黛安娜，佳妮對妮妮眨了眨眼睛。

「第一階段的計劃成功，開始第二階段吧！」

「毛毛，毛毛，你在哪裡？」

妮妮假裝在找毛毛，藉機接近黛安娜。

「妮妮，我找到毛毛了。不好意思，打擾你了。我們叫做佳妮和妮妮，是來這裡旅行的。」

抱著毛毛的佳妮走過來，和黛安娜打招呼。

黛安娜輕聲的說：「很高興認識你們，我是黛安娜。」

眼看黛安娜轉身就要離開，佳妮趕緊阻止她。「你要不要和毛毛一起玩？牠好像很喜歡你。」

黛安娜猶豫了一下，便彎下身摸毛毛的頭。「你知道我很傷心，特地來安慰我嗎？」

妮妮把握機會問：「發生了什麼事嗎？」

「沒事，我在自言自語。」

佳妮見黛安娜不想向陌生人吐露心事，決定直接了當詢問。

「我們其實是從現實世界來的旅行者。黛安娜，你可以告訴我們，安妮．雪麗是個怎樣的人嗎？」

「安妮……」黛安娜慢慢開口。

安妮是個很有魅力的
人，個性活潑開朗，想像
力非常豐富。我們都很喜歡
看書，相同的地方也很多，
我很高興能和她成為朋友。

佳妮和妮妮互相看著對方，發出會心一笑。

原來你和安妮是好朋友啊！

「今天早上之前是，但現在好像不是了……」

「怎麼回事？」

「休息時間結束，我們回到教室後，安妮不知道為什麼用泥板打了吉伯特的頭。菲利浦斯老師為此教訓了安妮，同學們也責怪她。此時，安妮忽然看向我，我卻因為一時緊張而避開了她的視線。」

「你一定是被當時混亂的狀況嚇到了，不能怪你。」

「我和安妮曾經發誓要當一輩子的朋友，可是今天我卻轉過頭不理她……如果是朋友，我就不應該做出那種事……」

這時候，看了佳妮和妮妮留下的紙條的安妮，正好抵達黛安娜的家。

「黛安娜，你沒有錯。」

安妮邊說邊走向黛安娜。

安妮！

見到安妮的黛安娜又驚又喜，但看向安妮的眼神卻充滿歉意。

「黛安娜，很抱歉讓你看到我脾氣爆發的樣子，我真的很後悔，以後不會再做出這種事了。即使心情不好或自尊心受損，只要想到你，我就會努力忍耐。」

黛安娜走向安妮，牽起她的手。「不，安妮，是我讓你失望了，真的很抱歉。」

看到安妮和黛安娜和好，佳妮和妮妮不禁露出微笑。

這時候，佳妮想起她們來到這個王國的任務，開口詢問：

「請問你們有看到黃金書籤嗎？」

恢復元氣的安妮精神飽滿的回答：「有。我們今天為了看晨露而早起出門的時候，黛安娜在路邊的草叢找到書籤，我們把它插在我最喜歡的書裡……」

說到這裡，安妮的笑容忽然僵在臉上，眼神透露出驚慌。

佳妮擔憂的問：

「難道是放在置物櫃裡，被山羊咬爛的那本字典？」

「對！我們趕快去確認，看看黃金書籤還在不在吧！」

安妮和黛安娜帶著佳妮和妮妮來到她們就讀的學校，姐妹倆忍不住好奇的東張西望。

「這裡和我們學校差好多喔！走廊是木地板，走在上面會發出嘎吱、嘎吱的聲響，玩捉迷藏一定會立刻被抓到。」

佳妮笑著附和妮妮的話。「木造的建築難免會這樣。這裡只有一層樓真好，我六年級的時候班級在四樓，每天都要爬上爬下很累呢！」

「進來吧！這間就是我們上課的教室。」

安妮走到教室後方，打開自己的置物櫃。

「拜託，黃金書籤一定要完好無缺……」

佳妮和妮妮緊張的祈禱著。

這裡是我們的學校。
木造的地板真有趣，每踩一下就會發出聲音。

安妮來回翻找置物櫃好幾次，卻遍尋不著黃金書籤，她驚慌得喃喃自語：「山羊把黃金書籤帶走了？還是吃掉了？」

黛安娜疑惑的歪著頭。「但是教室裡怎麼會有山羊呢？」

安妮氣呼呼的說：「是吉伯特為了整我，把山羊牽進教室的！」

為了避免與安妮再次產生誤會，黛安娜小心翼翼的替吉伯特澄清。「安妮，吉伯特一直在踢球，在旁邊看著他的女生們都可以作證。」

佳妮用手托著下巴思考。「那麼犯人就不是吉伯特了，他有不在場證明。」

妮妮一邊想著，一邊自言自語：「山羊到底是怎麼進入教室的？為什麼專挑安妮的置物櫃？而且偏偏是夾著黃金書籤的字典……」

妮妮的話讓佳妮靈光一閃，隨即大喊出聲。

犯人是黑魔法師！

「黑魔法師知道黃金書籤在安妮手裡，於是對山羊施展魔咒，讓牠把黃金書籤搶過來嗎？」

「我們鎮上居然有黑魔法師？好可怕！」

「黃金書籤已經落入黑魔法師手裡了嗎？」

「應該還沒，鎮上看起來很和平，還是這是暴風雨前的寧靜？」

「可惡的黑魔法師，竟然利用無辜的動物做壞事，我們一定要趕在黃金書籤落入黑魔法師手中前找到它。」

「我們辦得到嗎？」

「凡事要有信心！先回想可疑的地方吧！」

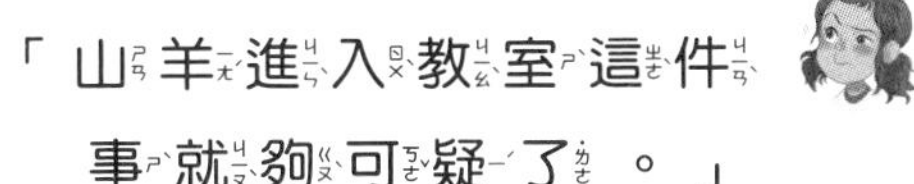

「山羊進入教室這件事就夠可疑了。」

「吉伯特一走進教室就對著我笑，如果不是因為惡作劇得逞，難道是因為他知道什麼嗎？」

我們去找吉伯特吧！

為了查出事件的真相，佳妮等人前往吉伯特的家。屋前的楓樹隨風搖曳，好像在對她們打招呼。

安妮有點心不甘情不願。「我本來決定以後連看都不看吉伯特一眼，但是現在艾凡里鎮可能有危險，我的決定和自尊心一點都不重要，我就勉為其難和吉伯特說話吧！」

安妮握緊拳頭，像在說服自己似的，雙腳卻遲遲邁不出步伐。

在安妮猶豫不決的時候，時間也不斷流逝。打了個呵欠的妮妮忽然發現毛毛不見了，於是獨自去找牠。

汪汪汪！

毛毛正和某人在後院開心的玩耍。妮妮一靠近，男孩就轉過頭來，他的長相帥氣、鼻梁高挺，還有深棕色的眼睛和頭髮。

「你好，我是吉伯特，你是這隻小狗的主人嗎？」

「你好，我叫妮妮，我是牠的姐姐。」

看來你已經把牠當成家人了。

即使待在妮妮懷中，毛毛也不斷對吉伯特搖尾巴。看到毛毛這麼喜歡對方，妮妮就覺得吉伯特應該是個好人。

這時候，佳妮為了找妮妮也來到後院。

「妮妮，你忽然不見，真的嚇死我了！」

「對不起，我是來找毛毛的，忘記和姐姐你講了。」

「原來牠叫毛毛，真是可愛的名字。」

「因為牠小時候像毛球一樣毛茸茸的。」

「我們鎮上也有個和你們一樣機靈又活潑的女孩。」

「你是說安妮嗎？」

「你們認識她？沒錯，就是安妮。雖然她很討厭別人提起她的紅髮，但是我覺得紅髮非常漂亮，很適合她。」

「吉伯特，你和安妮的關係不是不好嗎？」

「我開了幾次玩笑，似乎都惹安妮生氣了……其實我只是想親近她。」

「今天的山羊事件也是你的玩笑嗎？」

「不是，我也不知道那是怎麼回事。我連山羊都沒看到，只是對著安妮笑，她就忽然用泥板打我的頭，但其實不怎麼痛，只是聲音大了點。」

你為什麼要對著安妮笑？

妮妮滿臉疑惑，詢問吉伯特，他卻支支吾吾的，回答不出來。佳妮和妮妮挑了挑眉，更加疑惑的盯著吉伯特。

過了一會兒，吉伯特終於開口說道：

「因為我覺得安妮很可愛。」

妮妮驚訝得張大了嘴，忍不住複誦吉伯特的話。

「你說安妮很可愛？」

這段期間，安妮和黛安娜站在吉伯特家門前，等著佳妮和妮妮回來。

「安妮，謝謝你告訴我整件事的前因後果，看到喜歡的書被山羊咬壞，生氣也是正常的。」

「不，是我被憤怒沖昏了頭，無論我再生氣，也不該做出那種事，我的舉止真是一點也不優雅。」

「在那種火冒三丈的狀況下，連女王大人都很難保持優雅。」

「如果這件事真的不是吉伯特的惡作劇，那我必須向他道歉。」

「安妮，你真的很勇敢，如果是我，一定會因為尷尬而不敢向他道歉。」

這時候，遠處傳來一陣吵雜聲，原來是有一群孩子來找吉伯特玩。

「是安妮！她又要來給吉伯特一記泥板嗎？」

某個孩子看到安妮就開始起鬨，其他孩子也大笑出聲。在後院的佳妮、妮妮和吉伯特聽到聲音，趕緊走到前門。

「到底是怎麼一回事？」

佳妮認為當務之急是解開安妮與吉伯特之間的誤會，於是走到她旁邊輕聲說道：

「安妮，吉伯特真的不是犯人，他完全不知道山羊和黃金書籤的事。」

佳妮的話讓安妮再次握緊拳頭，同時在心裡對自己說：請求別人的原諒不是丟臉的事，不承認自己犯錯才丟臉，現在就向吉伯特道歉，重拾我的自信與優雅吧！

安妮下定決心後，大步走到吉伯特面前，她努力無視眾人集中在自己身上的目光，緩緩的開口。

吉伯特，
我有話要說。
咦？

什麼事？

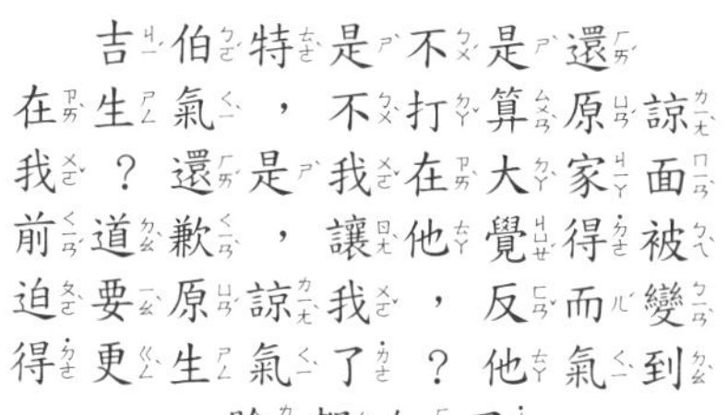

為什麼我說不出話來呢？安妮一直盯著我，讓我快喘不過氣來！我的臉為什麼這麼燙，心跳為什麼這麼快？我連和安妮對視都做不到，怎麼辦？

這時候，非常不會察言觀色的湯米出聲了。「吉伯特才不會輕易原諒安妮，安妮害他在大家面前丟臉呢！」

裘西和歌蒂也附和道：「安妮，你的態度還不夠卑微，而且你只是個孤兒，竟然敢對吉伯特做這麼過分的事！」

「你們怎麼能說這種話！」

佳妮和妮妮異口同聲斥責裘西和歌蒂。

「對……不起，我們錯了。」

被姐妹倆的反應嚇到的裘西和歌蒂趕緊道歉。在這場小小的騷亂中，緊盯吉伯特的露比忽然眼睛一亮。

「我第一次看到吉伯特的臉這麼紅，但那好像不是因為生氣……總之，他好帥喔！」

突然間，毛毛對著不知何時出現在大家背後的山羊吠叫。湯米好奇的回頭，正好和山羊對上眼，接著他就像被迷惑似的，嘴裡念念有詞。

吵架吧！

吵架吧！

吵架吧！

湯米的聲音像滾雪球一樣越來越大，其他人也被感染，周圍慫恿吵架的聲音逐漸包圍安妮和吉伯特。

「別說了！」

發現異狀的佳妮和妮妮趕緊出聲阻止，卻一點效果也沒有。

內心十分不安的安妮再也無法忍受了，她在心裡不斷想著：既然吉伯特無視我的道歉，什麼都不說，那我們就到此為止了。

委屈、生氣、羞愧……各式各樣的情緒湧上心頭，讓安妮的臉色變得比頭髮更紅，臉的溫度也燙得像爆發的火山。

「吉伯特，我不想再見到你了！」

安妮用力的轉身，長長的辮子也因此甩到吉伯特臉上。吉伯特這才回過神來，想開口說沒關係，但是安妮已經走了。

佳妮和妮妮失望的看著吉伯特和安妮，對於沒能讓他們和好感到很可惜。

「姐姐，我們要追上去安慰安妮，還是留在這裡和吉伯特聊聊？」

佳妮不假思索的回答：「先去安慰安妮，她一定受到很大的打擊。」

佳妮和妮妮試圖追上安妮的腳步，黛安娜也在一旁大喊：「安妮，等等我們！」

「安妮，你走慢一點！」

佳妮追得氣喘吁吁，在後面大喊。而妮妮也累得上氣不接下氣，彎腰大口喘氣。

我明明鼓起勇氣了，
吉伯特卻不接受我的道
歉，真是太丟臉了……

安妮好不容易停下腳步，卻低著頭，肩膀則因為哭泣而不斷顫抖。

佳妮、妮妮和黛安娜心疼的摟著安妮。

「你鼓起勇氣主動道歉，我覺得你真的很棒！能坦率認錯並請求原諒是一件很厲害的事，不是每個人都可以做到。」佳妮輕拍安妮的背。

「沒錯，你做得很好，別哭了。」黛安娜也輕拍安妮的肩膀。

妮妮給了安妮一個擁抱，同時想著：安妮，再等一下，我馬上去找吉伯特，幫你向他要個答案。

於是妮妮趁佳妮不注意的時候，偷偷的離開了。

來找吉伯特玩的孩子陸續離開後，吉伯特的家又恢復了寧靜。

叩叩叩！

妮妮敲了敲門，卻沒人回應，她不放棄再試一次，同時喊著吉伯特的名字，一旁緊閉的窗戶才緩緩被推開。

「妮妮，是你啊！我還以為是剛才那些人，他們一直問我對安妮有什麼感覺、為什麼不說話、怎麼沒和安妮大吵一架……真是太煩人了。」

「吉伯特，我有話想問你，我們可以聊一聊嗎？」

妮妮以真誠的口氣詢問，於是吉伯特開門讓妮妮進屋。

「請進。」

我有話想問你。
等等，我去開門。

吉伯特帶妮妮來到客廳，又準備了茶和餅乾，才在旁邊坐下。

妮妮清了清喉嚨。「其實我也想問一樣的問題，你為什麼不回答安妮？難道你真的不能原諒她？」

吉伯特先是尷尬的抓抓頭，接著認真的說：「那我只跟你說。」

妮妮點點頭，豎起耳朵。

吉伯特嘆了一口氣。「我也不知道自己怎麼會這樣……我不討厭安妮，甚至覺得她很可愛，所以我當然想接受她的道歉。我還想對她說，我只是喜歡和她開玩笑，希望她不要誤會，可是……」

妮妮耐心等吉伯特繼續說下去。

吉伯特深吸一口氣。「當時安妮一直看著我，讓我的腦袋一片空白，什麼也說不出來……」

妮妮認同的點點頭。「雖然我平常話很多，但是老師叫我上臺的時候，看到同學們在臺下盯著我，我也會腦袋空白、說不出話。」

吉伯特困惑的搖搖頭。「不只是這樣，我的心臟像要衝破胸膛似的拼命跳動，而且呼吸困難，臉又紅又燙。」

妮妮回想起在書上看過類似的敘述。

「吉伯特，你喜歡安妮吧？」

「姐姐應該在找我，我就長話短說了。安妮覺得你還在生她的氣，所以不接受她的道歉，她很難過喔！」

「是我的錯，我應該好好回答她。」

「快想想該怎麼挽回吧！」

「我會努力的！對了，你要去找安妮對吧？她喜歡蘋果，我們家倉庫裡有好喝的蘋果汁，你可以幫我把它送給安妮，先代我向她道歉嗎？這樣做也許能讓安妮的心情好一點，我會再找時間向她解釋剛才的事。」

妮妮笑著答應吉伯特的請求。

妮妮小心翼翼的拿著裝有蘋果汁的玻璃瓶，前往安妮的家。在陽光的映照下，瓶內的果汁就像流動的金沙，散發出柔和的金色光芒，看得妮妮口水都快流下來了。

「為什麼看起來這麼好喝呢？」

妮妮吞了吞口水。

「我只喝一口，一口就好！」

妮妮坐在樹下，打開了瓶蓋，濃郁的蘋果香氣立刻撲鼻而來。接著她將瓶口對準嘴巴，甜蜜的果汁隨即滑進喉嚨。

咕嚕！咕嚕！

妮妮一口接一口喝著蘋果汁，好喝到她根本停不下來，一下子就喝個精光。吞下最後一口果汁的瞬間，妮妮的表情變得和石像一樣僵硬。

「糟糕，我把蘋果汁喝完了！」

妮妮焦急的拿著瓶子來回踱步。

「再去和吉伯特拿一瓶嗎？不行，這樣我一定會被笑是貪吃鬼！可是我也不能拿空瓶子給安妮……對了，我有魔法之書啊！」

妮妮正準備從魔法之書拿出蘋果汁時，手卻突然停在半空中。

「這是專程為安妮準備的，因此不能是普通的蘋果汁，必須是吉伯特家的蘋果汁。」

妮妮思考了一會兒，從魔法之書找出一扇熟悉的門，那是她之前在吉伯特家的客廳看過，通往地下倉庫的門。

妮妮走進吉伯特家的地下倉庫，櫃子上整齊的擺放著一排排玻璃瓶，裡面裝著各種醃製的水果和蔬菜，以及各種顏色的果汁。

找到了！

妮妮發現一個裝著金色液體的玻璃瓶，於是趕緊拿來倒進自己的空瓶子裡。然後她迅速離開地下倉庫回到大樹下，抱著玻璃瓶奮力奔向安妮的家。

「安妮！」

聽到妮妮的聲音，佳妮急忙跑向她。

「妮妮，你又跑去哪兒了？」

妮妮先向佳妮道歉，接著眨了眨眼睛，做了個「拭目以待」的表情，兩人就一起走進安妮的家。

「安妮，這是吉伯特送你的。」

「對不起，我現在連吉伯特的『吉』字都不想聽到。」

「安妮，看在妮妮的面子上收下吧！」

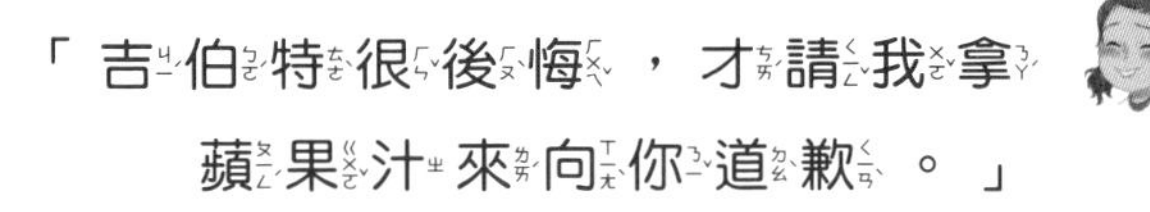

「吉伯特很後悔，才請我拿蘋果汁來向你道歉。」

「安妮，吉伯特主動向你道歉，你就寬宏大量，收下吧！」

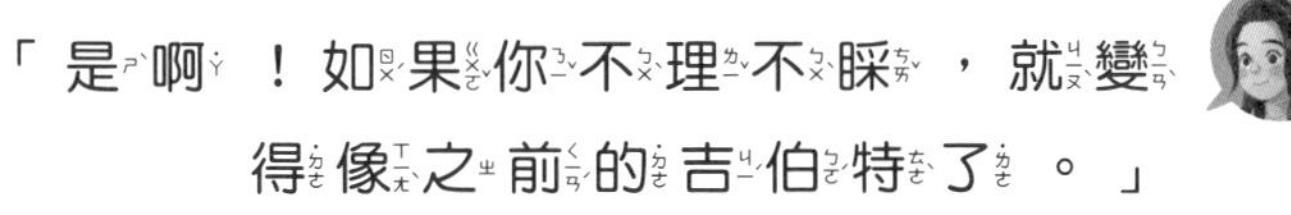

「是啊！如果你不理不睬，就變得像之前的吉伯特了。」

「我知道了，大家一起喝這瓶蘋果汁吧！」

安妮拿來玻璃杯，幫每個人倒了一杯蘋果汁。

「這個蘋果汁的光澤好美……等等，味道好像有點不對勁，這不是蘋果汁吧？」

不同於普通蘋果汁的奇特氣味，讓佳妮捏住鼻子並放下杯子，但是安妮和黛安娜已經喝下肚了。

「我第一次喝到這樣的蘋果汁，雖然稱不上好喝，卻會讓人想一直喝下去。」

安妮說完又喝了幾口。

這時候，瑪莉拉阿姨走進客廳。

「這是什麼味道？你們在喝什麼？」

臉頰紅通通的安妮笑著說：「我們在喝吉伯特為了道歉送來的蘋果汁，這是會讓人上癮的味道呢！」

瑪莉拉阿姨把瓶子拿起來，聞到味道後嚇了一大跳。

瑪莉拉阿姨趕緊叫馬修叔叔過來。

「馬修，你快來啊！」

馬修叔叔了解狀況後，給開始昏昏欲睡的安妮和黛安娜一人一大杯水，並且讓她們坐在沙發上休息。

等安妮和黛安娜清醒時已經是晚上了，怕父母擔心的黛安娜趕緊回家，瑪莉拉阿姨則邀請佳妮和妮妮留下來共進晚餐。

安妮坐在餐桌前，氣呼呼的雙手插腰。

「瑪莉拉阿姨，雖然你做的料理很好吃，光用看的就讓我食指大動，不過我今天不想吃……不，我想吃，卻氣到吃不下。吉伯特怎麼能送我那種東西？說要道歉，結果又是惡作劇！」

　　總是沉默寡言的馬修叔叔緩緩開口：「吉伯特會不會只是搞混了？畢竟果汁和酵素的顏色很像。」

　　瑪莉拉阿姨皺著眉。「無論發生什麼事，安妮，我不允許有人在餐桌前雙手插腰，這樣做很沒禮貌。」

　　安妮放下手臂，沒一會兒又站了起來。「對不起，但是我真的很生氣！」

瑪莉拉阿姨的語氣又重了一點。

「安妮，坐下來。」

餐桌前的每個人都不發一語，妮妮則越來越不安，她心裡想著：是我搞砸了，我一定要勇敢的承擔錯誤。

於是妮妮打破沉默，鼓起勇氣對大家說：「對不起，其實……」

雖然害怕被罵、被笑，妮妮依然一五一十說明事情發生的經過，同時坦承是自己的錯。

安妮微笑著說：「妮妮，你不用道歉，你為了我這麼費心，我應該要感謝你。我差點以為是吉伯特又開我玩笑，幸好你站出來解釋，才沒有讓誤會再次發生。」

為了緩和尷尬的氣氛，佳妮笑著說：「看來吉伯特家的蘋果汁超級好喝，下次見面時，請吉伯特也分我們一點吧！」

叩叩叩！

這時候，有人用力敲了安妮家的門。

第7章

引發吵架的山羊

瑪莉拉阿姨一打開門，就看見黛安娜淚流滿面，她大喊著：

「瑪莉拉阿姨、馬修叔叔，請你們幫幫我！」

「黛安娜，怎麼了？」

聽到門口的動靜，馬修叔叔、安妮、佳妮和妮妮趕緊前來關心。

黛安娜用手抹去眼淚。「爸爸和媽媽突然大吵一架，拜託你們快去阻止他們！」

瑪莉拉阿姨難以置信，用手扶住額頭。「他們的感情一直很好，怎麼會吵架呢？別擔心，我們馬上過去了解情況。」

馬修叔叔默默的戴上帽子，早一步往外面走去，瑪莉拉阿姨和安妮等人也立刻跟上。一行人到達黛安娜的家時，門口已經被從裡面丟出來的東西搞得一團糟，屋子裡也不斷傳來大吼的聲音。

你想怎樣？
天啊！

馬修叔叔把女孩們護在身後，瑪莉拉阿姨則走到門口，對著屋子裡面大喊。

「貝利先生和貝利夫人，我是瑪莉拉。不管有什麼事，請你們坐下來好好說，別衝動啊！」

這時候，妮妮的眼睛瞥見旁邊有個黑影。「那是什麼東西？」

某個動物正跳過籬笆，在牠白色的屁股上，有著棕色的斑點和短小的尾巴。

安妮連忙大喊：

「牠就是那隻咬爛我字典的山羊！」

妮妮氣得握緊拳頭。「黑魔法師竟然利用那麼可愛的山羊做壞事，我不能原諒他！」

「黃金書籤可能在牠身上，我們快追上去！」

佳妮牽起妮妮的手跟了過去，安妮和黛安娜為了搞清楚事情的真相，也決定追上山羊。

咩咩咩！

山羊看起來跑得不快，女孩們雖然緊追不捨，卻怎麼追也追不上牠。

眼看山羊正準備走進別人的家，黛安娜著急的大叫：「那裡是林德夫人的家！」

山羊用頭頂開籬笆的門，從容的往裡面走。

「那隻山羊真奇怪，為什麼要去林德夫人的家？」

安妮等人還來不及討論，就聽到林德夫人的怒吼聲，接著看到她怒氣沖沖的跑出家門，大力敲打旁邊鄰居家的門。

「你們想吵架就放馬過來啊！」

見到林德夫人暴怒的樣子，安妮嚇了一大跳。「雖然林德夫人很長舌，但是對人一向很和善，怎麼突然變成這樣？」

妮妮指著林德夫人的身後。「山羊好像又要去其他地方了。」

就像出入自己的家一樣，山羊不斷進進出出鎮上的每棟房子，接著每棟房子都傳出吵架的聲音。

我知道了，那隻山羊是吵架的導火線！

安妮的話讓黛安娜非常不安。「那隻山羊真的被黑魔法師下了魔咒嗎？太可怕了！」

佳妮皺著眉頭思考。「一定有解開魔咒的方法，就和我在翡翠城中了魔咒時一樣。」

「把山羊抓來調查就知道了。」

妮妮跑向山羊，佳妮也跟了上去。

「我們去幫她們的忙。」

安妮牽起黛安娜的手，跟上佳妮和妮妮的腳步。

山羊一會兒跑去這裡、一會兒跑去那裡，好像快抓到了，卻又被牠溜走，最終還是沒有抓住牠。

佳妮大口喘氣，無奈的說：「這樣追著牠跑來跑去也不是辦法。」

這時候，安妮靈機一動。「你們之前從魔法之書拿出了很多東西給我看，可以從那裡拿出山羊喜歡的菜葉嗎？」

妮妮翻開魔法之書，拿出了許多鮮嫩的菜葉，山羊果然立刻被吸引過來，大口吃起菜葉。

「成功了！接下來……」

妮妮再從魔法之書拿出網子，扔到專心吃菜葉的山羊身上。

佳妮等人抓住山羊後，鎮上的居民就停止吵架了。

「你們怎麼突然吵架了？」

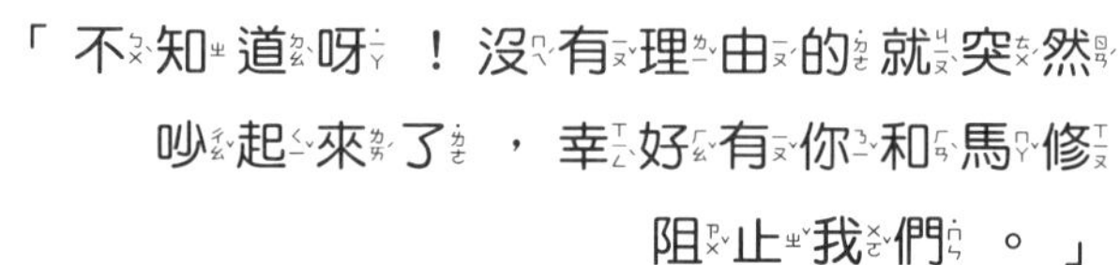

「不知道呀！沒有理由的就突然吵起來了，幸好有你和馬修阻止我們。」

「我也不知道為什麼，忽然覺得火冒三丈，這還是我生平第一次這樣呢！」

「希望再也不會發生這種事了。」

「一向和平的小鎮卻發生大家都在吵架的情況，真是奇怪啊！」

「為什麼會發生這種事呢？」

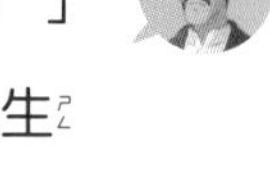

「今天安妮也很奇怪，一下子就生起氣來。」

「安妮本來就很奇怪，她明明是女生，成績卻很好。」

「你們也是女生，為什麼認為女生成績好很奇怪？而且安妮是特別，不是奇怪。」

露比為了讓吉伯特對自己有好印象，無論吉伯特說什麼，她都贊同。

「對，安妮一點也不奇怪。不過，她今天好像一直和兩位從現實世界來的旅行者在一起。」

「旅行者」這個詞讓居民們開始交頭接耳。

「沒錯，自從那兩位旅行者出現後，鎮上就發生許多怪事。」

「一定是她們帶來了厄運！」

「綁上繩子，山羊就逃不掉了，也方便我們調查牠。」

妮妮從魔法之書拿出繩子試圖綁住山羊，但盯著山羊眼睛看的黛安娜卻忽然大叫，甚至拿起樹枝揮舞。

「必須把那隻山羊趕走！」

安妮被黛安娜的舉動嚇了一跳，伸手制止她。

「黛安娜，你怎麼了？」

和山羊對上眼睛的妮妮也突然大發雷霆。

「一定要綁繩子，照我說的話做就對了！」

察覺到黛安娜和妮妮的反常，佳妮趕緊抓住妮妮的手。

「醒一醒，你們也被山羊影響，開始吵架了！」

在安妮和佳妮的阻止下，妮妮和黛安娜才逐漸清醒過來。

「因為盯著山羊，連我也不知不覺……」妮妮驚魂未定。

「趕快調查吧！山羊身上應該有被施展魔咒的東西。」

佳妮和妮妮從頭到腳仔細調查山羊。

「山羊沒穿衣服，也沒有首飾，有什麼能被施展魔咒的東西嗎？」妮妮撥開山羊的毛檢查。

「沒有被施展魔咒的東西，也沒有黃金書籤，難道我們的推理出錯了？」佳妮困惑的自言自語。

這時候，毛毛對著山羊的前腳吠叫，妮妮隨即把山羊的腳舉起來看。

「找到了！」

山羊的腳底貼著一張黑色的愛心貼紙。

妮妮正準備撕下貼紙時，卻被佳妮伸手阻止。為了避免碰到貼紙而被施咒，佳妮從魔法之書拿出塑膠手套，戴上後再把黑色的愛心貼紙撕下來，貼紙就化成煙散掉了。

成功了！

女孩們高興的歡呼，就在此時，遠方傳來喊叫聲。

「這兩個女孩為艾凡里鎮帶來不幸，快把她們趕走！」

憤怒的居民們團團包圍佳妮和妮妮，安妮和黛安娜一邊阻止大家，一邊為佳妮和妮妮解釋。

「她們一直和我們在一起，什麼壞事都沒做，還幫助我和黛安娜和好，是很善良的人。大家會吵架是這隻山羊引起的，牠中了會引發紛爭的魔咒。」

林德夫人覺得安妮說的話很可笑。「安妮，你的想像力還真豐富，以後你就寫一本以山羊為主角的故事書吧！」

貝利夫人也附和林德夫人的話。「她們的確像是善良的孩子，但是她們出現後，鎮上就發生怪事也是事實。」

佳妮和妮妮委屈的流下眼淚。

「我們明明是為了這個王國而

來找黃金書籤的……太過分了！」

雖然相信怪事不是佳妮和妮妮引起的，但是瑪莉拉阿姨也無法在這種情況下幫她們說話，她只好對安妮說：「安妮，你先把旅行者和山羊帶到我們家的倉庫，等大家冷靜一點再來討論吧！」

「為什麼大人都不相信我們說的話？雖然我的想像力很豐富，但我不是會說謊的騙子！」安妮憤憤不平說著。

妮妮接著說：「沒錯，為什麼大家都不相信山羊被下了魔咒？」

佳妮和黛安娜也嘆了一口氣。

這時候，有人敲了倉庫的門。

「我可以進來嗎？」

吉伯特一出現，安妮的嘴巴就閉上了。佳妮、妮妮和黛安娜也因為顧慮安妮的心情，不敢隨便開口。

吉伯特首先打破沉默。「安妮，我想對早上的事向你道歉。對不起，我因為慌了手腳而沒有回答你，讓你誤會了。」

「沒關係，我以為教室出現山羊是你的惡作劇，便衝動的用泥板打你，這是我的錯，我真的很抱歉。」

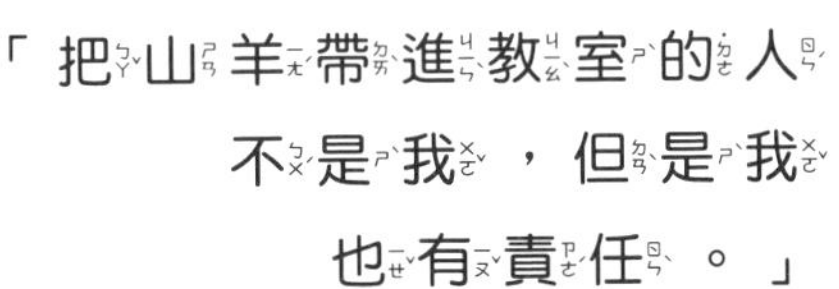
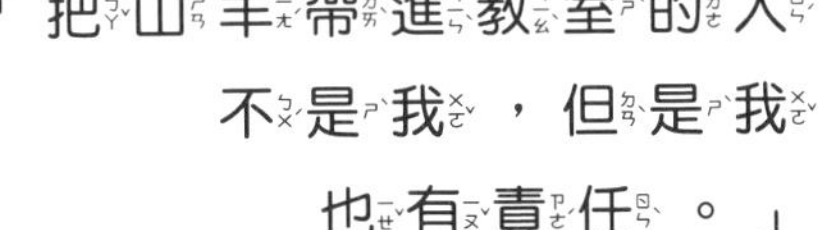

「把山羊帶進教室的人不是我，但是我也有責任。」

「為什麼？」

「我在安妮的置物櫃裡放了花束，或許是因為這樣，山羊才對她的置物櫃有興趣。」

「你給我花束？為什麼？」

「因為你喜歡花……我在上學的路上看到一年蓬和紫羅蘭開得很漂亮，就想到你……」

你為什麼想起我……

安妮和吉伯特的臉同時染上紅暈，兩人之間瀰漫著尷尬的氣氛。

妮妮為了緩和難為情的場面，忽然鼓起掌來。

「能夠敞開心扉把話說清楚，真是太好了，哈哈哈！」

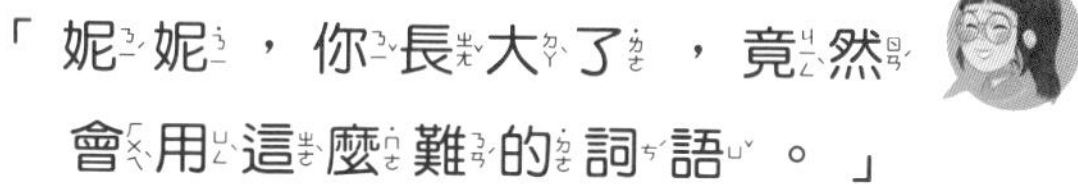

「妮妮，你長大了，竟然會用這麼難的詞語。」

氣氛變輕鬆後，佳妮和妮妮暫時忘記自己陷入的困境，與安妮、黛安娜和吉伯特開心的聊天。

可惜開心的時間沒有持續很久，馬修叔叔打開倉庫的門，對佳妮和妮妮說：「我很抱歉，但是天亮後，請你們帶著山羊離開艾凡里鎮，我會駕馬車載你們到邊界。」

馬修叔叔說完就離開了。不發一語的吉伯特在倉庫來回踱步，黛安娜把頭靠在膝蓋上縮成一團，安妮則閉上眼睛陷入沉思。

佳妮輕輕撫摸山羊的背。「你知道黃金書籤在哪裡嗎？」

山羊像在回答佳妮似的咩咩叫。

妮妮抱著毛毛，垂頭喪氣看向地面時，發現地上的稻草屑都往某個方向移動，趕緊起身大喊。

這間倉庫有點奇怪！

心情低落的佳妮正想叫妮妮不要開玩笑時，卻看見自己腳邊的稻草屑也在移動。

移動的稻草屑越來越多，最後整間倉庫裡的稻草都飛了起來，在空中轉起圈子，形成一個巨大的黑洞。

為了不被黑洞吸走，佳妮等人聚集在一起，抓緊彼此的手。

「那是老鼠洞嗎？未免太大了！世界上有這麼巨大的老鼠嗎？」

佳妮搖搖頭。「那是黑洞，它正在吸入周圍的東西。你們看，它變得越來越大了！」

黑洞變得和牆壁一樣大，而且繼續以強大的力量快速吸走倉庫裡的所有東西。

「姐姐，我們會不會像桃樂絲一樣，和整間倉庫一起飛起來？」

「我們不會飛起來，只會被吸入黑洞！」

突然間，安妮恍然大悟。「它是想吸走山羊！」

「連我們都快被吸走了！」黛安娜著急的大喊，聲音幾乎被強風蓋過。

妮妮急中生智，迅速把手伸進魔法之書。

可以像史萊姆一樣自由伸縮身體大小的托米，立刻把身體變大並包住佳妮等人，然後牢牢固定在地板上。而倉庫的其他東西則在下一瞬間被吸入黑洞裡。

安妮鬆了一口氣。「看來我們得救了。」

還好大家都沒事。

過了一會兒，強風漸漸消失了。居民們在聽到動靜後紛紛聚集過來，當他們親眼看到倉庫消失都嚇壞了。

「這是怎麼回事？」

「我們家的黛安娜也在裡面！」

「趕快過去看看！」

馬修叔叔和瑪莉拉阿姨最先跑來，雖然他們因為倉庫消失而嚇了一大跳，但看到籠罩在托米身體裡的安妮等人都平安無事就放下心來。接著，馬修叔叔和瑪莉拉阿姨掀起托米的一角走進去。

「你們沒事吧？」

這時候，山羊忽然從托米被掀起來的地方溜走，並且朝黑洞的方向跑去。原本安靜的黑洞又再次湧出強大的力量，試圖吸走山羊。

汪汪汪！

毛毛立刻追上去，輕咬住山羊的後腳阻止牠。

毛毛！

妮妮連忙追上去並抓住毛毛和山羊的後腳，佳妮也慌張的抱住妮妮的腰。

快來幫忙！

吉伯特聽到佳妮的話，趕緊上前抱住她的腰。

「吉伯特，你怎麼可以抱住淑女的腰！」

黛安娜緊張的大叫，但妮妮用更

大的音量反駁：

「在計較是淑女或紳士之前，先想辦法活下來啦！」

聽了妮妮的話，安妮立刻抱住吉伯特的腰。吉伯特雖然嚇了一跳，但他還是假裝沒事，大喊著：「黛安娜，你也來幫忙！」

黛安娜緊緊抱住安妮，每個人都使出全力，拼命阻止。

「不過是隻山羊，放開牠吧！」

居民們大喊著要他們放棄山羊，也有人大喊著要他們放棄旅行者，托米趕緊向大家解釋。

「黑魔法師為了搶走黃金書籤，對山羊下了魔咒，鎮上一連串的騷動就是牠引起的。黃金書籤一定在那隻山羊身上，絕對不能放開牠！」

這時，妮妮激動的喊叫。

拜託幫幫我們！

了解事情的真相後，居民們趕緊衝上前，合力抱住安妮等人。

「1、2、3，拉！」

所有人都配合口令，齊心協力對抗黑洞，漸漸的，黑洞慢慢變小了。

我們走著瞧！

從深處傳來這句充滿威脅的低沉嗓音後，黑洞就消失無蹤了。

黑洞的吸引力消失後，居民們一個個跌坐在地上，不過大家很快的站起來關心旁邊的人，並扶起到最後都沒有放開山羊的安妮等人。

「你們的應變能力越來越好了，黃金書籤就交給你們囉！」托米抱了一下佳妮和妮妮，接著就回到波普斯魔法圖書館。

妮妮再次詳細察看山羊。

「牠身上真的有黃金書籤嗎？沒看到啊！難道牠吞下去了？」

「名偵探妮妮解開謎題了！」

「那麼，我們要等到山羊大便，才能拿到黃金書籤嗎？」

安妮一臉為難，開口說道：「妮妮，雖然對象是山羊，但你能不能用『上廁所』這種比較文雅的詞語來表達？」

雖然覺得這兩個詞語明明是同樣的意思，妮妮還是聽從安妮的建議：「山羊，加油，我們等你上廁所喔！」

山羊像在回話似的叫了幾聲，然後用力一擠……

撲通！撲通！撲通！

妮妮驚喜的大喊：「黃金書籤出現了！」

「用猜拳決定由誰撿起來吧！」安妮提出了她能想到最公正的方法。

「沒關係，交給我。」

佳妮從魔法之書拿出夾子夾住黃金書籤，接著拿出蓮蓬頭仔細沖洗，再用溼紙巾擦拭每個地方，最後噴上酒精消毒。

「大功告成！接下來……」

妮妮趕緊打斷佳妮。「姐姐，都做到這個程度了，不如……」

妮妮從魔法之書拿出香水，朝黃金書籤噴了幾下。

「現在它是我們找到的黃金書籤中最香的書籤了，你果然有很多好點子！」佳妮笑著稱讚妮妮。

經歷一番騷動的艾凡里鎮再次恢復平靜，煙霧從煙囪飄出，不絕於耳的歡笑聲也溢出屋外。孩子們興高采烈的講述今天發生過的事，讓漫漫長夜更加溫暖。

佳妮和妮妮前往海中的王國尋找黃金書籤，為了向人魚少年表達心意，妮妮以自己的珍貴之物作為代價，變身成美人魚。在茫茫大海中，佳妮和妮妮可以平安完成任務嗎？

前情提要

佳妮和妮妮已經去過范特西爾的四個王國，她們找到的黃金書籤也順利回到波普斯魔法圖書館。

魔法圖書館1

拯救彼得潘

魔法圖書館2

愛麗絲的奇幻仙境

魔法圖書館3

阿拉丁與神燈

魔法圖書館4

綠野仙蹤黑魔法

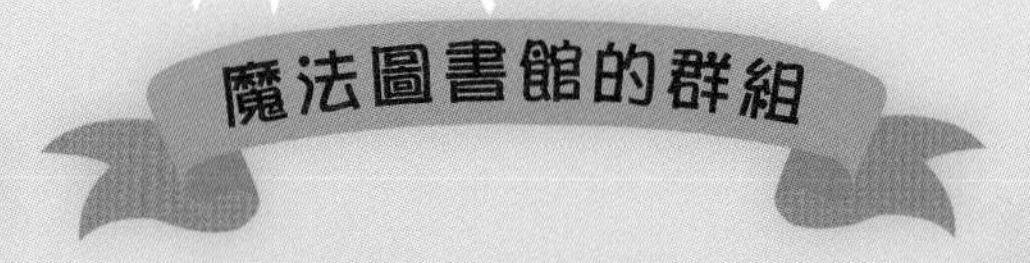

托米邀請佳妮和妮妮加入群組。

真高興你們能和安妮成為朋友。

雖然一開始被安妮難過的樣子嚇得手足無措，但是她既活潑又充滿想像力，真的很討人喜歡。

和我一樣呢！

哈哈哈！沒錯，你和安妮一樣有活力，也有很多好點子。

妮妮，你讀過原著了嗎？

我看過漫畫版，真的很好看。

有機會也要看看小說版的原著喔！

沒錯，我讀的時候，心情都隨著故事起起伏伏。

原著是1908年出版，多年來始終受到大家的喜愛，就是因為讀者們都意猶未盡，後來不但出了8本續集，還延伸出很多短篇故事。

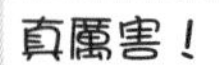

原著中的人物臺詞很多，角色描寫也很生動，就像身歷其境來到了艾凡里鎮一樣。

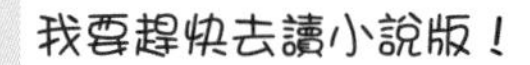

先別急，我來告訴你作者為什麼能把「安妮」這個角色描寫得這麼生動且有魅力。

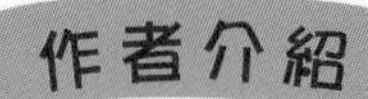

露西・莫德・蒙哥馬利

Lucy Maud Montgomery

1874年11月30日～1942年4月24日

加拿大作家

露西・莫德・蒙哥馬利出生在加拿大愛德華王子島，這裡也是《紅髮安妮》的故事背景。露西和安妮有許多共通點，包括母親早逝、臉上有雀斑且身形清瘦、大學畢業後成為老師等。安妮住的綠色屋頂的房子，其實是露西在描繪自己的家，而且這棟房子現在仍然存在。

露西和安妮一樣喜歡創作，《紅髮安妮》正是她看了小時候自己寫的紙條而寫下的故事。紙條上寫著「某個農夫為了領養男孩當養子而拜託孤兒院，但是因為種種原因，最後卻來了個女孩。」正是原著中安妮來到艾凡里鎮的原因。

露西寫完這篇故事後，雖然投稿到許多出版社，卻都被退回了，不過她沒有放棄，又把這篇故事交給美國波士頓的出版社審閱。多虧有出版社編輯看出這篇故事的價值，《紅髮安妮》終於出版，並且迅速擄獲讀者的心，露西隨後也創作了續集和相關的短篇故事。

這篇故事後來也被改編成電影、漫畫、戲劇等，直到今天仍廣受大家的喜愛。

30個幸福挑戰

總是活潑開朗的安妮，也會像故事中一樣有沮喪的時候。為了能在傷心難過時迅速打起精神，我們來想想讓心情變好的方法，一個個執行就能變幸福囉！請在空格處寫下你想到的其他方法。

睡覺	聞喜歡的味道	畫畫		唱歌	散步
挑戰沒吃過的食物		搭乘刺激的遊樂器材	跟著舞蹈影片跳舞	聽音樂	看看可愛的動物
擁抱家人	洗臉	抄寫名言	跑到氣喘吁吁	請朋友說出我的優點	幫助別人
吃美食		探索沒去過的地方	在家附近找出三隻貓	聯絡好久不見的朋友	逛街
讀書	玩運動	看喜歡的藝人照片	在鏡子前擺出笑臉	寫信給喜歡的人	

找出黃金書籤
圖畫中藏著7個黃金書籤，
你能比黑魔法師更快找到嗎？
答案在後面唷！

彼得潘
桃樂絲
愛麗絲
紅髮安妮

Fantasia
阿拉丁

國家圖書館出版品預行編目（CIP）資料

魔法圖書館 5 紅髮安妮的煩惱 / 智逌莉作；李景姬繪；石文穎譯 . -- 初版 . -- 新北市：大眾國際書局，2022.11
136 面；15x21 公分 . --（魔法圖書館 ；5）
譯自：간니닌니 마법의 도서관 . 5, 빨간 머리 앤
ISBN 978-986-0761-81-8（平裝）

862.599 111015271

小公主成長學園CFF029

魔法圖書館 5 紅髮安妮的煩惱

作者 智逌莉
繪者 李景姬
監修 工作室加嘉
譯者 石文穎

總編輯 楊欣倫
執行編輯 李季芙
特約編輯 林宜君
封面設計 張雅慧
排版公司 芊喜資訊有限公司
行銷統籌 楊毓群
行銷企劃 蔡雯嘉

出版發行 大眾國際書局股份有限公司 大邑文化
地址 22069 新北市板橋區三民路二段 37 號 16 樓之 1
電話 02-2961-5808（代表號）
傳真 02-2961-6488
信箱 service@popularworld.com
大邑文化 FB 粉絲團 http://www.facebook.com/polispresstw

總經銷 聯合發行股份有限公司
電話 02-2917-8022 傳真 02-2915-7212

法律顧問 葉繼升律師
初版一刷 西元 2022 年 11 月
定價 新臺幣 280 元
ISBN 978-986-0761-81-8

大邑文化讀者回函

謝謝您購買大邑文化圖書，為了讓我們可以做出更優質的好書，我們需要您寶貴的意見。回答以下問題後，請沿虛線剪下本頁，對折後寄給我們（免貼郵票）。日後大邑文化的新書資訊跟優惠活動，都會優先與您分享喔！

您購買的書名：＿＿＿＿＿＿＿＿＿＿

您的基本資料：

姓名：＿＿＿＿＿＿，生日：＿＿年＿＿月＿＿日，性別：□男　□女

電話：＿＿＿＿＿＿，行動電話：＿＿＿＿＿＿

E-mail：＿＿＿＿＿＿＿＿＿＿

地址：□□□-□□＿＿＿＿縣／市＿＿＿＿鄉／鎮／市／區

＿＿＿路／街＿＿段＿＿巷＿＿弄＿＿號＿＿樓／室

職業：

□學生，就讀學校：＿＿＿＿＿＿，＿＿＿＿年級

□教職，任教學校：＿＿＿＿＿＿

□家長，服務單位：＿＿＿＿＿＿

□其他：＿＿＿＿＿＿

您對本書的看法：

您從哪裡知道這本書？□書店　□網路　□報章雜誌　□廣播電視

□親友推薦　□師長推薦　□其他＿＿＿＿＿＿

您從哪裡購買這本書？□書店　□網路書店　□書展　□其他＿＿＿＿

您對本書的意見？

書名：□非常好□好□普通□不好　　封面：□非常好□好□普通□不好

插圖：□非常好□好□普通□不好　　版面：□非常好□好□普通□不好

內容：□非常好□好□普通□不好　　價格：□非常好□好□普通□不好

您希望本公司出版哪些類型書籍（可複選）

□繪本□童話□漫畫□科普□小說□散文□人物傳記□歷史書

□兒童/青少年文學□親子叢書□幼兒讀本□語文工具書□其他＿＿＿＿

您對這本書及本公司有什麼建議或想法，都可以告訴我們喔！

＿＿＿＿＿＿＿＿＿＿

＿＿＿＿＿＿＿＿＿＿

＿＿＿＿＿＿＿＿＿＿

大邑文化 收

220-69

新北市板橋區三民路二段37號16樓之1

寄件人地址：

□□□-□□ ______縣／市______鄉／鎮／市／區

______路／街______段______巷______弄______號______樓／室

大邑文化

服務電話：（02）2961-5808（代表號）

傳真專線：（02）2961-6488

e-mail：service@popularworld.com

大邑文化 FB 粉絲團：http://www.facebook.com/polispresstw

第129頁的答案。